INSTITUT DE FRANCE.

ACADÉMIE FRANÇAISE

DISCOURS

PRONONCÉS DANS LA SÉANCE PUBLIQUE

TENUE

PAR L'ACADÉMIE FRANÇAISE

POUR LA RÉCEPTION

DE M. THUREAU-DANGIN

Le jeudi 14 décembre 1893.

PARIS

TYPOGRAPHIE DE FIRMIN-DIDOT ET Cⁱᵉ

IMPRIMEURS DE L'INSTITUT DE FRANCE, RUE JACOB, 56

M DCCC XCIII

ACADÉMIE FRANÇAISE.

M. Thureau-Dangin, ayant été élu par l'Académie française à la place vacante par la mort de M. Camille Rousset, y est venu prendre séance le jeudi 14 Décembre 1893, et a prononcé le discours suivant :

Messieurs.

Si profonde que soit ma reconnaissance pour le grand honneur qui m'est fait, la meilleure manière de vous la témoigner me paraît être d'entreprendre, sans délai, la tâche que vous m'avez confiée. Se confondre en protestations de gratitude et d'humilité, c'est encore parler de soi : or je suis ici pour vous parler de l'homme de bien et de talent auquel vous m'avez appelé à succéder.

La vie de M. Camille Rousset n'a pas été, comme celle de certains membres de votre Compagnie, un chapitre de l'histoire politique ou littéraire de ce siècle. Mais, à défaut de grands événements, elle nous donne ce spectacle rare d'un homme n'ayant eu que l'ambition qui convenait à son état, n'ayant obtenu que des succès dus à son mérite et conquis par son effort. De telles existences sont belles à considérer et bonnes à raconter. Leur simplicité droite, claire et saine a un charme particulier dans un temps où beaucoup d'âmes se piquent d'être compliquées, troubles et maladives.

Afin de répondre à votre attente, je voudrais vous parler non seulement de l'écrivain dont tous savent le mérite, mais de l'homme qui était excellent. Malheureusement, pour cette partie de ma tâche, M. Rousset ne m'aide pas. Par fierté autant que par modestie, il n'aimait pas à occuper de lui le public. Dans ses livres, jamais il ne se met en scène. Avec ses amis mêmes, dans l'abandon de ses conversations naturellement enjouées, il racontait parfois les découvertes faites au cours de ses recherches ; il ne se racontait pas lui-même. Cet œil vif, limpide, qui vous regardait si bien en face et vous pénétrait si avant, se laissait peu pénétrer. Un jour, cependant, M. Rousset résolut de faire violence à cette réserve. C'était dans l'épanouissement de son plus grand succès, quelques heures après avoir été élu par vous. Rentré chez lui, le soir, il prend une feuille de papier, et il écrit : « *Notes pour servir au discours de mon successeur à l'Académie française. Aujourd'hui, 30 décembre 1871, par la grâce de Dieu et la bonne volonté de mes électeurs, j'ai été nommé de l'Académie française... Me voilà donc successeur de Prévost-Paradol, obligé de parler de lui et fort embarrassé au sujet des informations qu'il me faut prendre. Mon successeur à moi n'aura pas la même peine ; car c'est pour la

lui épargner que j'ai voulu commencer sur-le-champ ces
notes, où je me propose de mettre tout ce que je sais de
moi et le peu que je sais des autres. » Quelle promesse
pour vous et pour moi! Hélas! le manuscrit s'arrête là.
Après avoir eu un instant de sollicitude pour son successeur, M. Rousset l'a oublié.

Parlant, un jour, dans cette enceinte, des heureux de la
vie dont les berceaux sont entourés de fées bienfaisantes,
M. Rousset leur opposait ceux qui, dès leurs premiers
pas, sont, comme il l'avait été lui-même, aux prises avec
la gêne. « La gêne, disait-il, est aussi une fée, rude, sévère,
disgracieuse, non point malfaisante à tous ni de mauvais
conseil; elle retient ceux-là seulement qui ne veulent pas
faire effort pour échapper à son étreinte. » Il était, lui,
des vaillants auxquels un tel effort ne coûte pas. Après des
études brillantes, entré dans la vie sans relations, sans
fortune, il débute, en 1840, comme simple maître d'études. Trois années plus tard, à vingt-deux ans, il est
marié à la fille du proviseur du collège Saint-Louis,
agrégé d'histoire, professeur suppléant au collège Bour-
bon, et donne des leçons aux enfants de M. Guizot,
alors ministre dirigeant. Une famille et une carrière qui
assuraient le bonheur et le matériel de sa vie, c'était
beaucoup : ce n'était pas assez pour sa jeune et légitime
ambition. Cette histoire qu'il enseignait, il se sentait
appelé à l'écrire. Quelques précis scolaires, une mono-
graphie sur la *Grande Charte,* publiée dans la Bibliothèque
des Chemins de fer, ne lui suffisaient pas. Il rêvait d'une
œuvre considérable, et M. Guizot qui s'était pris de goût pour
le maître de ses enfants, l'encourageait à l'entreprendre.

Le champ des recherches historiques est immense : de quel côté M. Rousset allait-il se diriger ? De tous temps, il avait eu la passion des choses de l'armée. Ses élèves s'amusaient parfois de la naïveté impétueuse avec laquelle se trahissait cette passion. Entendait-il, pendant qu'il donnait une répétition, la musique d'un régiment défilant dans la rue, rien ne le retenait ; il repoussait vivement les livres, oubliait son écolier et courait au tambour. Dès cette époque, il avait dans l'allure et la physionomie ce je ne sais quoi qui, plus âgé, le fera prendre pour un officier retraité, notamment cette moustache coupée en brosse, à laquelle il tenait, et pour laquelle il fit une si belle défense, quand survint, peu après 1852, un ukase ministériel prescrivant de la raser. De tels goûts le portèrent naturellement vers un sujet militaire. Hésita-t-il avant de fixer son choix ? Je n'ai pu le savoir. Toujours est-il qu'en 1854 — il avait alors trente-trois ans — nous le trouvons occupé à dépouiller les papiers de Louvois aux Archives du Dépôt de la guerre.

Chercher dans ces Archives la matière d'un travail historique, c'était alors une grande nouveauté. Les écrivains assiégeaient en foule la porte, étroitement fermée, des Archives du ministère des Affaires étrangères ; personne, en dehors de quelques spécialistes, n'avait l'idée de frapper à la porte, libéralement ouverte, de notre grand Dépôt militaire. Et pourtant que de richesses dans ces galeries où s'alignent, en bel ordre, avec leurs reliures armoriées, des milliers de volumes manuscrits ! Collection sans égale au monde, où sont classées, année par année, campagne par campagne, les correspondances relatives aux guerres soutenues ou préparées par la France, depuis trois siècles. Là, dans une immobilité silencieuse, contrastant avec le bruit et le mouvement dont ils avaient autrefois donné le signal, reposent tous ces papiers jaunis par le temps, qui ont été, à leur heure, les instruments mêmes des péripéties les plus tragiques de notre histoire. Entre tant de trésors, M. Rousset ne choisissait pas le moindre, en s'attachant à la correspondance de Louvois. Imaginez, rassemblés dans neuf cents volumes, les écrits échangés, pendant trente ans, entre Louvois et tous ceux qui, depuis le Roi, les ministres, les généraux, jusqu'aux commis inférieurs, avaient part aux affaires politiques et militaires; non des dépêches coulées dans un moule banal, comme sont aujourd'hui beaucoup de nos documents officiels, mais des lettres vivantes, vraies, souvent de premier jet, parfois familières, rédigées sans souci d'une publicité que personne alors ne prévoyait, trahissant les idées, les desseins secrets, plus encore le tempérament, le caractère, le génie de chacun des acteurs; quelques-unes, par le tour, dignes des contemporains de Mme de Sévigné ou du duc de Saint-Simon; toutes écrites dans cette belle langue, don naturel de ceux qu'on appelait alors « les honnêtes gens ». Si l'on ajoute que cette correspondance était à peu près complètement inconnue, force sera de reconnaître que rarement chercheur avait eu la chance de tomber sur une mine aussi riche. De telles bonnes fortunes n'arrivent, il est vrai, qu'aux hommes doués de ce flair qui n'est pas le moindre des dons de l'historien.

M. Rousset employa plusieurs années à dépouiller ces neuf cents volumes, usant ses yeux à faire, au crayon —

car l'encre était alors interdite, — d'interminables copies,
mais pleinement heureux, tout à cette fièvre délicieuse de
la recherche et de la découverte que les érudits connaissent comme les savants. Rencontrait-il un ami au sortir de
ces longues séances, sa joie débordait, et il lui racontait,
avec une mimique enthousiaste, la trouvaille du jour.
Quelques années plus tard, au moment de publier son
livre, le souvenir des heures passées aux Archives lui revenait à l'esprit, et, contrairement à ses habitudes de réserve,
il ne pouvait se retenir d'en faire confidence à ses lecteurs.
Avec une sorte de lyrisme qui rappelle une page fameuse
d'Augustin Thierry, il célébrait « le bonheur intellectuel »
qu'il avait alors goûté. « Tenir entre ses mains, disait-il,
les lettres originales de Louis XIV, de Louvois, de Turenne,
de Condé, de Vauban, de Luxembourg et de tant d'autres,
dont l'écriture semble encore fraîche, comme si elle était
tracée d'hier; démêler sans peine tous les secrets de la
politique et de la guerre; assister à la conception et à l'éclo-
sion des événements; surprendre l'histoire pour ainsi dire
à l'état natif, quelle plus heureuse fortune et quelle plus
grande joie! Je vivais au sein même de la vérité; j'en étais
inondé, pénétré, enivré... »

C'est cette vérité, ainsi surprise aux sources originales,
que M. Rousset a apportée au public dans les quatre volumes de son *Histoire de Louvois*. Les innombrables documents sur lesquels il avait mis la main, en forment le fond.
On sent, chez l'auteur, un parti pris de s'effacer, pour céder
la parole aux personnages du temps. Non certes qu'il en-
tende se borner à un de ces recueils de pièces auxquels
certains érudits semblent aujourd'hui réduire l'histoire :

lettré distingué, il veut faire œuvre d'art. « Une cohue
d'hommes, dira-t-il un jour, n'est pas plus une armée
qu'un amas de documents n'est une histoire. » Aussi les
lettres, dépêches, rapports, qu'il cite presque à chaque
page, sont-ils, avec une habileté rare, encadrés, reliés,
fondus dans le récit, sans jamais en détourner ou en ralen-
tir le cours. Toutefois n'y cherchez pas ce que l'auteur n'a
pas entendu y mettre. Ce n'est pas une histoire générale et
complète. Comme le titre l'indique, c'est l'histoire de Louvois. J'ajouterai que c'est l'histoire de Louvois faite à peu
près exclusivement avec les papiers de Louvois. M. Rousset n'ignorait certes pas ce qu'il eût pu trouver ailleurs
sur cette même époque, par exemple dans les papiers de
Colbert; il laissait à un autre le soin de les dépouiller. S'il
l'avait fait lui-même, quelqu'un de ses points de vue eût-
il été modifié? En tous cas, sa tâche était déjà tellement
vaste qu'on ne peut le blâmer de s'y être enfermé.

Tel qu'il est, le livre de M. Rousset est un des plus con-
sidérables qui aient été publiés sur le règne de Louis XIV.
Il a renouvelé l'histoire militaire et, en beaucoup de
parties, l'histoire politique des trente années qui se sont
écoulées de 1661 à 1691 : époque capitale non seulement par l'éclat des luttes que soutenait la France, mais
surtout par la révolution qui s'est alors accomplie dans
son état militaire; à cette date, en effet, ont été créées
l'armée moderne et, par suite, une nouvelle méthode de
guerre. M. Rousset fait mieux encore que d'éclairer les
faits jusque-là mal connus : des vieux papiers qu'il met en
œuvre, les physionomies des personnages ressortent,
qeulques-unes avec un relief étonnant. Tels, par exemple,

deux des correspondants les plus assidus de Louvois,
hommes de guerre éminents dont on ne saurait dire lequel a le plus fait pour la gloire et la grandeur de la
France, mais moralement à l'opposé l'un de l'autre, celui-
là poussant le vice aussi loin que celui-ci la vertu, —
Luxembourg et Vauban. Leurs lettres, répandues dans
les quatre volumes de M. Rousset, eussent fait, à elles
seules, la fortune d'un livre. Celles de Luxembourg ont
une verve singulière, mélange d'impertinence de grand
seigneur, de bassesse de courtisan, de cynisme de roué,
avec un élan, un souffle qui rappellent les qualités déployées
sur le champ de bataille par ce disciple de Condé, et
aussi avec un défaut si complet de sens moral que l'impression dominante est une sorte de malaise. Chez Vauban,
tout est différent; non, sans doute, qu'il n'ait, à sa
façon, sous une forme simple et un peu rude, beaucoup
d'esprit naturel, un tour original, quelquefois même, par
seule élévation de cœur, de l'éloquence; mais surtout quel
air sain on respire avec lui! Voyez ce qu'il écrit à Louvois,
un jour qu'il croit sa probité mise en doute : « Je vous
supplie et conjure, Monseigneur, si vous avez quelque
bonté pour moi, d'écouter tout ce que l'on vous dira
contre, et d'approfondir afin d'en découvrir la vérité; et si
je suis trouvé coupable, comme j'ai l'honneur de vous
approcher de plus près que les autres, j'en mérite une bien
plus sévère punition. Cela veut dire que si les autres mé-
ritent le fouet, je mérite du moins la corde; j'en prononce
moi-même l'arrêt, sur lequel je ne demande ni quartier ni
grâce... Examinez donc hardiment et sévèrement, bas toute
tendresse, car j'ose bien vous dire que, sur le fait d'une

probité bien exacte et d'une fidélité sincère, je ne crains ni le Roi, ni vous, ni tout le genre humain ensemble. La fortune m'a fait naître le plus pauvre gentilhomme de France; mais, en récompense, elle m'a honoré d'un cœur sincère, si exempt de toutes sortes de friponneries qu'il n'en peut même souffrir l'imagination sans horreur. » Certaines accusations ne tiendraient pas longtemps, si l'on trouvait de tels accents pour y répondre. Il faut croire qu'il y a là quelque chose qui ne se copie pas aisément.

J'aimerais à m'arrêter devant bien d'autres figures de premier ou de second rang que M. Rousset nous révèle ou nous aide à mieux connaître. Tout au moins ne puis-je quitter ce livre sans considérer un moment celui qui en occupe le centre, Louvois. Vous avez vu son portrait tel que l'a tracé le burin de Nanteuil : masque puissant, impassible, fermé, mystérieux. Derrière ce masque, M. Rousset nous montre l'homme vrai, avec d'éminentes qualités et des défauts violents ; en lui, rien de vulgaire : la pleine lumière, loin de le diminuer, le grandit. Esprit prompt et décidé, d'une prodigieuse capacité de travail ; ayant peu de théories, se contentant de quelques idées nettes fondées sur le bon sens et l'observation des faits ; supérieur par la volonté, possédant le don du commandement et le goût de la domination ; prompt à écraser qui lui résiste, tout en sachant écouter qui l'informe ; ambitieux, dur, brutal, cruel, mais intègre, sans petite vanité ni cupidité basse ; portant très haut le sentiment de ce qu'il doit au service public, y sacrifiant sa santé, sa vie, mais sans scrupule et sans merci dans l'exécution des desseins qu'il a formés pour la grandeur de l'État. Veut-on juger son œuvre, force est de distinguer entre les rôles divers qu'il s'était fait attribuer. Comme organisateur militaire, il est incomparable; dans la création et la mise en mouvement de cette formidable machine qui constitue l'armée moderne, il a déployé des qualités qui touchent au génie; la France n'a pas eu de plus grand ministre de la guerre. Comme stratégiste, dans l'invention et l'exécution des plans de campagne, il a été souvent habile et heureux; mais, par désir de tout attirer à soi et de tout régler à sa mesure, il diminue trop l'initiative des généraux, tend à remplacer par des opérations lentes, par des sièges, par des dévastations méthodiques, où tout est fixé à l'avance dans le cabinet du ministre, les mouvements rapides improvisés sur le terrain et ces batailles à la façon de Rocroy qui décident en quelques heures de toute une guerre. Comme homme d'État enfin, s'il a de grandes vues, s'il sait concevoir et mener à fin des entreprises hardies, il manque de la qualité essentielle, la mesure : il est de ces politiques à outrance que la France a plus d'une fois connus à ses dépens, et qui provoquent les coalitions de l'Europe aussi inévitablement que la tyrannie provoque les révoltes du peuple. Quand il meurt presque subitement à cinquante et un ans, usé par le travail et les soucis, laissant son pays aux prises avec une guerre encore glorieuse mais incertaine, les contemporains paraissent partagés entre deux sentiments : ils lui en veulent du péril où il les a jetés, et sentent ce péril accru par sa disparition. Vivant, il était redouté; mort, on le regrette. Impression complexe qui est un peu celle de la postérité! Néanmoins, ne l'oublions pas, pour excessive et maladroite qu'elle ait été parfois, la passion qui possédait Louvois était la passion de la grandeur française. Il a contribué à conquérir cette forte frontière que nous ne possédions pas avant lui et que notre génération, hélas! n'a pas su garder intacte. Qui songerait aujourd'hui à se montrer bien sévère pour les torts du ministre auquel la France devait Strasbourg!

L'*Histoire de Louvois,* publiée en deux parties, la première en 1861, la seconde en 1864, eut un succès éclatant qui fit la réputation de M. Rousset et décida de son avenir. Tandis que l'Académie lui décernait le prix Gobert, le gouvernement impérial, bien conseillé, rétablissait pour lui la place d'Historiographe du ministère de la Guerre et lui confiait la direction des Archives dont il avait en quelque sorte fait la découverte. Confirmé ainsi dans sa vocation d'historien militaire, libre de s'y donner tout entier, possédant sous la main la matière de ses travaux, M. Rousset s'empresse de justifier son nouveau titre en faisant paraître, de 1865 à 1870, trois livres qui sont comme la suite de son grand ouvrage : il y étudie ce que sont devenues au cours du XVIIIe siècle les institutions fondées au XVIIe par Louvois. On avait appris de lui comment se fait une bonne armée : il va montrer comment elle se défait. Dans la première de ces publications, la *Correspondance de Louis XV et du maréchal de Noailles,* on voit poindre la décadence; mais il y a encore de beaux restes : c'est l'époque de Fontenoy. Voici maintenant Rosbach : cette fois, la décadence est complète; M. Rousset la dépeint en racontant la vie du comte de Gisors; il mêle habilement la biographie particulière à l'histoire générale, et le charme touchant de l'une adoucit les tristesses de l'autre ; ce livre est un des plus agréables qu'ait écrits M. Rousset. Enfin, après avoir dénoncé le mal fait à l'armée par la corruption de l'ancien régime, il observe le contre-coup qu'a eu sur elle le désordre révolutionnaire : c'est l'objet du volume intitulé *les Volontaires*, moins une histoire qu'une sorte d'enquête où viennent déposer les contemporains et qui aboutit à cette conclusion : « Rien ne supplée, même pour la guerre défensive, une armée permanente et régulière. »

Peut-être est-on surpris que le nouvel historiographe se soit ainsi attaché au XVIIIe siècle et n'ait pas porté ses recherches sur une époque plus glorieuse et plus consolante. Son choix a dû être déterminé par les préoccupations qu'éveillait dans son esprit la situation de la France. Il lui paraissait qu'à ce moment, de 1865 à 1870, notre orgueil national avait plus besoin d'être averti que flatté. L'Italie grandissante, l'expédition du Mexique, Sadowa, l'affaire du Luxembourg lui révélaient l'approche d'une crise formidable à laquelle il estimait son pays insuffisamment préparé. Les conversations des officiers qui aimaient à se réunir dans son cabinet ne lui laissaient pas ignorer ce que cachait de faiblesses la belle apparence de notre armée. Aussi, en juillet 1870, quand il voit l'orage sur le point d'éclater, son angoisse est-elle terrible, et ses amis l'entendent émettre, avec de vraies larmes dans la voix, des prophéties que l'événement doit encore dépasser. Toutefois, si alarmée que soit sa clairvoyance, son courage n'en est pas ébranlé, et, la guerre déclarée, il n'a plus qu'une pensée, le salut et l'honneur de la France. Resté dans Paris investi, le service des remparts ne lui suffit pas : malgré ses cinquante ans, il s'engage comme volontaire dans un des bataillons de marche que le gouvernement s'est décidé à former avec les éléments les plus jeunes de la garde nationale. Le 30 novembre, son bataillon partait pour les avant-postes de Vitry, escorté de parents et d'amis. M. Rousset est à son rang. En dépit du froid glacial, la fatigue de la marche et le poids du sac, auxquels il n'était nullement habitué, font couler sur son visage de grosses gouttes de sueur; il n'en garde pas moins l'œil vif, l'esprit allègre, le cœur haut. Son âge attirait l'attention; chacun vient le féliciter, lui serrer les mains. A une halte, un ouvrier qui l'observait depuis quelque temps s'approche, et, le montrant du doigt à son fils : « Tiens, lui dit-il, vois-tu celui-là avec toutes ses décorations? Eh bien! c'est un vieux brave qui va se battre pour la France! » Pendant plusieurs semaines, par des gelées de vingt et un degrés, il fait son service à la tranchée, au bivouac, avec un entrain qui se communique autour de lui. Une seule ombre au tableau : il paraît que, quand venait son tour de faire la soupe, elle était assez médiocre. Le 19 janvier, au combat de Buzenval, son bataillon fut désigné pour former avec un régiment de ligne la tête d'une des colonnes d'attaque. J'ai eu entre les mains un carnet où M. Rousset avait, sur le moment même, jeté quelques notes au crayon. J'y trouve d'abord le cri de détresse que lui arrache l'atroce fatigue de la marche faite pendant la nuit qui précède la bataille, à travers les terres défoncées : il butte, il tombe, il se sent impuissant à suivre ses compagnons. « Je

suis épuisé, écrit-il, au désespoir de sentir mon énergie
morale trahie par mes forces physiques. » Voici qu'on
aborde l'ennemi : la fusillade commence. Ce bruit le ra-
nime aussitôt. « J'ai le bonheur, continue-t-il, de pouvoir
rejoindre mon bataillon au moment où il franchit la brèche.
Au delà, le terrain monte rapidement; mais le sol, gazonné,
sous bois, est ferme et résistant. Je me sens revivre. C'est
Antée quand il a touché la terre. Quelle joie! je me sens
en pleine possession de moi-même. La grêle des balles
qui sifflent et brisent les branches autour de moi, est un
plaisir. On me fait signe, on me crie de me coucher, de
me courber, de me cacher. Point! J'ai trop de joie d'avoir
retrouvé mes camarades au premier rang... » Vous aime-
riez à poursuivre avec moi cette lecture. Par malheur, je
n'ai plus sous les yeux que des feuillets blancs. C'est déci-
dément une fâcheuse habitude, chez M. Rousset, de s'arrêter court dès qu'il commence à parler de lui. Cela
même n'ajoute-t-il pas à la sincérité du témoignage? Que
dites-vous de l'accent de ce volontaire de cinquante ans,
allant au feu pour la première fois, de son allure au milieu des balles qui frappaient mortellement à ses côtés
un Coriolis ou un Henri Regnault? Qui donc maintenant
serait tenté de sourire de son goût pour le militaire? Ne
voit-on pas que ce n'était point chez lui amusement de ba-
daud ou échauffement d'imagination littéraire, mais bien
un sentiment vrai, sérieux, profond, tenant à ces parties
hautes de l'âme où se forment les pensées de sacrifice et
les volontés héroïques? Ce sentiment, vous en connaissez
le nom : il s'appelle le patriotisme, ce patriotisme que les
dilettantes blasés et les révolutionnaires cosmopolites ne

sont pas près d'avoir détruit sur notre sol ; car il a aujourd'hui, dans nos cœurs français, une puissante sauve-
garde : c'est l'impression, encore toute vive et saignante, de
la blessure qu'y ont laissée nos malheurs.

La guerre finie, la Commune vaincue, M. Rousset rentra
aux Archives et reprit ses travaux. Il en reçut, cette année
même, la récompense, par son élection à l'Académie
française. En comblant son ambition, cet honneur ne fit
qu'exciter son ardeur. Ne sentait-il pas d'ailleurs sa mis-
sion d'enseignement militaire devenue plus importante
encore par l'effet de nos défaites ? Dès août 1871, il faisait
paraître une étude, préparée antérieurement, sur *La Grande
armée de* 1813 ; c'était une enquête du genre de celle qu'il
avait publiée, l'année précédente, sur les *Volontaires ;* elle
tendait à démontrer cette vérité dont on venait de voir,
encore une fois, la douloureuse confirmation, que «les armées ne s'improvisent pas ». Il entreprit ensuite une œuvre
beaucoup plus considérable. A la France du second Empire, quelque peu enorgueillie de ses succès et aveu-
glée sur ses faiblesses, il avait jugé utile de rappeler les
jours de revers et les leçons qui en ressortaient. A la
France vaincue, il eut la pensée délicate de parler de quelqu'une de ses victoires, et, se plaçant en pleine époque con-
temporaine, il porta son choix sur la guerre de Crimée.
Tout en poursuivant la longue préparation de cet ouvrage,
il publiait, à la demande de M. Thiers, sous le titre de *Bibliothèque de l'armée française,* les principaux chefs-d'œuvre de
la littérature militaire depuis Xénophon jusqu'à Napoléon,
et il faisait un cours d'histoire à l'École supérieure de
guerre.

Certes M. Rousset ne pouvait mieux répondre à la pensée
de ceux qui avaient rétabli pour lui la fonction d'historiographe. Bien à sa place, tout à sa tâche, heureux de s'y
dévouer, ne désirant rien autre, exclusivement préoccupé
d'exciter, d'éclairer ou de consoler notre patriotisme par
les enseignements de l'histoire militaire, il devait, ce semble, trouver appui et sympathie chez les hommes de toute
opinion. Mais non. Par un de ses livres, celui sur les *Volontaires*, il s'était fait mal noter du parti qui ne permet
pas qu'on blâme rien dans la Révolution. Les prétentions
de ces défenseurs du « bloc », comme on dit aujourd'hui,
vous sont connues, et M. Rousset n'a pas été seul, dans
votre Compagnie, à souffrir d'une intolérance qui régente
le théâtre aussi bien que l'histoire. Que reprochait-on à
l'auteur des *Volontaires?* S'il eût contesté l'élan donné aux
soldats de Dumouriez, de Kellermann ou de Jourdan, par
la chaleur des idées nouvelles, par la colère d'un peuple
qui se sentait menacé à la fois dans son indépendance et
sa liberté, s'il eût méconnu que les Volontaires de 1791
contenaient, avec des éléments médiocres ou même vils,
d'autres éléments singulièrement riches d'énergie et d'im-
pétuosité : si, en un mot, il eût oublié que le meilleur de
la France était alors à la frontière, j'aurais compris qu'il
fût contredit. Mais sa thèse me paraît différente. Il s'at-
tache seulement à montrer le mal fait à l'armée par l'esprit révolutionnaire, esprit de rébellion contre toute
autorité et de méfiance contre l'institution militaire elle-
même ; il montre ce mal sévissant particulièrement chez
les Volontaires, avec leurs officiers élus, avec leurs soldats
qui transportaient au camp leurs préventions politiques,

débattaient publiquement les conditions de leur obéissance et limitaient à leur fantaisie la durée de leur service ; il montre enfin ces Volontaires ne mettant en œuvre leurs qualités réelles que le jour où le gouvernement, effrayé de leurs désordres, se décide à les « amalgamer » dans les troupes de ligne, c'est-à-dire du jour où ils cessent d'être des volontaires. En faisant cette démonstration, l'auteur n'a nullement songé à attaquer ou à servir tel ou tel parti. Fort peu curieux des querelles de politique intérieure, son habitude était de tout envisager du seul point de vue de la grandeur militaire et de l'action extérieure de son pays. Rappelez-vous l'état des choses et des esprits dans les dernières années de l'Empire, le péril où les fautes du gouvernement avaient jeté la France, la nécessité de reconstituer son armée en vue d'une lutte qui, depuis Sadowa, apparaissait à tous inévitable, et la résistance faite à cette reconstitution par un parti qui ne voulait pas mettre un instrument aussi puissant aux mains d'un gouvernement détesté. C'était le temps où les chefs de ce parti demandaient dans leurs programmes électoraux la suppression de l'armée permanente, où ils soutenaient en plein parlement que cette armée, dangereuse pour la liberté, n'était pas nécessaire à la défense du pays, et que rien ne valait, pour repousser l'étranger, la levée en masse d'une immense garde nationale. A l'appui de cette thèse, quel était leur principal argument ? C'était l'évocation des Volontaires de 1791, qu'ils nous dépeignaient triomphant des vieilles armées de l'Europe par la seule vertu de leur enthousiasme démocratique. Frappé du péril de ces sophismes, M. Rousset voulut détruire la légende

sur laquelle on prétendait les fonder. Tel avait été
l'unique motif de ce petit livre des *Volontaires*, dédié, avec
une honnête confiance, « aux amis sincères de la vérité », et,
si l'on veut bien se souvenir de la date de cette publica-
tion — mars 1870 — on en comprendra mieux encore
l'inspiration et l'opportunité. Après la guerre, la leçon des
événements était d'une évidence trop tragique pour que
personne osât encore demander, au nom des Volontaires
de 1791, la suppression des armées permanentes; le res-
sentiment contre M. Rousset n'en fut pourtant pas atténué, et, six ans plus tard, en 1876, quand les vicissitudes
électorales anèrement au parlement une majorité nouvelle,
on eut cet étrange spectacle des grands pouvoirs publics
mis en mouvement pour frapper un historien coupable
d'avoir soutenu une thèse déplaisante : un vote des Cham-
bres supprima au budget le traitement affecté aux fonctions
d'Historiographe. Il y avait, du reste, un précédent; après
la révolution du 24 février, le premier mouvement, bientôt
regretté, il est vrai, du gouvernement nouveau avait été de
retirer à M. Mignet la direction des archives diplomati-
ques. L'Académie ressentit vivement le coup frappé sur
un de ses membres; elle se rappela que l'une de ses plus
nobles traditions était de consoler et d'honorer les vic-
times de l'esprit sectaire, et ce fut à l'unanimité, sans dis-
tinction d'opinions politiques, qu'elle exprima son émotion dans un procès-verbal communiqué à M. Rousset.
Quant à ce dernier, si pénible que lui fût une mesure
qui ne l'atteignait pas seulement dans ses goûts les plus
chers, mais qui le privait d'un revenu nécessaire à son
honorable pauvreté, il dédaigna de se plaindre. Sa seule

vengeance fut de faire une fois de plus le public juge de
la façon dont il avait rempli les fonctions qu'on lui enle-
vait : quelques mois après sa disgrâce, il faisait paraître
les deux volumes de son *Histoire de la guerre de Crimée.*

De toutes les œuvres de M. Rousset, c'est peut-être la
meilleure. On en remporte une vision lumineuse et pathéti-
que de cette guerre extraordinaire, où les trois plus grandes
puissances de l'Europe semblaient avoir choisi un coin de
terre lointain, sur les confins de l'Asie, pour y vider leur
querelle en champ clos. D'abord, la confusion des débuts ;
ni préparatifs, ni plan ; une expédition lancée en Turquie, à
sept cents lieues de la France, sans avoir la moindre idée de
ce qu'on veut y faire ; le *nec plus ultra* de la fameuse tactique
du « Débrouillez-vous » ; puis, un beau jour, l'embarque-
ment pour la Crimée, uniquement parce qu'on ne sait
plus que devenir en Turquie ; la radieuse victoire de l'Alma
qui semble si pleine de promesses ; l'installation sur le
triste et âpre plateau de Chersonèse ; le combat d'Inker-
mann, glorieux encore, mais avec je ne sais quoi de som-
bre et d'inquiétant ; les déceptions de ce siège qu'on croyait
terminer en quelques jours et qui se prolonge indéfiniment,
moins un siège qu'une bataille continue entre deux camps
retranchés et armés de deux mille bouches à feu ; le cho-
léra, les maladies de toutes sortes, plus meurtrières encore
que le canon ; l'hiver avec ses pluies, ses boues, ses bour-
rasques glaciales, ses linceuls de neige ; les longues périodes
d'immobilité monotone, suivies d'assauts sanglants et in-
fructueux, et l'issue devenant si obscure qu'on se demande
avec angoisse si l'on n'est pas fourvoyé dans une impasse ;

le soldat français, au milieu de ces périls, de ces souf-
frances, de ces mécomptes, merveilleux d'énergie et de
gaieté, jamais embarrassé, à l'ébahissement du soldat an-
glais, mourant de faim à côté de sa viande qu'il ne sait
comment cuire ; les grands chefs, avec leurs vues secrètes,
leurs tiraillements, leurs délibérations anxieuses ; Saint-
Arnaud, âme toute vibrante dans le corps moribond qu'elle
domine ; Canrobert, brave, généreux, désintéressé ; Pélis-
sier, tête dure, caractère brutal, volonté de fer qui dompte
hommes et choses, bien amusant à observer dans sa manière à la fois rude et rusée d'écarter les ordres les plus
formels de l'Empereur et de n'en faire qu'à sa guise ; Niel,
intelligence ouverte, distinguée, un peu inquiète ; le maréchal Vaillant, remplissant, entre eux tous, l'office patriotique
de conciliateur, avec une patience, une finesse, un tact que
font encore ressortir ses apparences nonchalantes et bour-
rues ; à côté du camp français, celui de nos « alliés » d'alors,
de cette vaillante armée anglaise qui avait peut-être besoin
d'apprendre à faire la soupe, mais qui savait admirablement tenir sur le champ de bataille : témoin, au ravin d'In-
kermann, devant la formidable poussée des masses enne-
mies qui partout émergent du brouillard, la résistance de
la brigade des gardes, ferme comme un rempart, serrant
ses files pour boucher les vastes trouées qu'y fait le canon,
aussi impassible et ordonnée dans l'extrême péril qu'à la
parade, contraste singulier avec la fougue des zouaves qui
accourent en bondissant à son secours et qu'elle salue au
passage de ses hourras ; puis, dans la ville assiégée, où le récit
nous fait également pénétrer, un courage auquel l'historien
français se plaît à rendre hommage, répondant bien ainsi au

caractère de cette guerre que, seule entre tant d'autres, on
a pu appeler la guerre sans haine ; le génie d'un Totleben
improvisant jour par jour une défense qui devient une
attaque ; les belles et pures figures d'un Kornilof et d'un
Nachimof ; le soldat russe, moins alerte que le nôtre, mais
d'une solidité et d'une endurance à toute épreuve, priant
avant d'aller au feu, et mourant, sans une plainte, pour
son Dieu et son prince ; enfin, pour dénouement, l'assaut
décisif, le grand va-tout du 8 septembre 1855 : dans la re-
doute bouleversée et croulante de Malakof, parmi les mon-
ceaux de cadavres, les canons brisés, sur un sol miné qu'on
s'attend, d'une seconde à l'autre, à voir s'abîmer dans une
effroyable explosion, le noble soldat auquel la France vient
de faire de si magnifiques funérailles, Mac-Mahon, debout,
indifférent à l'ouragan de mitraille qui l'enveloppe, aussi iné-
branlable dans la possession qu'il a été irrésistible dans l'attaque, lassant par sa ténacité les retours offensifs des Russes
qui finissent par s'avouer vaincus et qui abandonnent la ville
en faisant sauter ce qui y restait encore de batteries, de ma-
gasins et de vaisseaux. Telle est l'épopée grandiose que fait
revivre M. Rousset. Jamais il n'a déployé plus d'art de
composition et de mise en scène. Son pinceau, naturellement sobre, a trouvé une couleur inaccoutumée. Son récit
rapide est animé d'un souffle héroïque, échauffé d'une
émotion, de page en page, plus poignante. Aussi conçoit-on
que l'un de vous, après avoir relu et contrôlé ce livre sur
le théâtre même du drame, devant les vestiges, encore
visibles après trente années, de cette lutte formidable, au-
près des ossuaires où reposent les deux cent cinquante
mille morts tombés sur ce champ de bataille, n'ait pas hési-

té à appeler l'*Histoire de la guerre de Crimée*, « l'un des chefs-d'œuvre de l'histoire militaire » (1).

L'armée qui a déployé de si rares qualités devant Sébastopol avait été formée par la monarchie constitutionnelle : c'était l'armée des grandes lois de 1818 et de 1832. M. Rousset, qui l'aimait et la regrettait, ne se décida pas à la quitter, et, revenant alors sur ses pas, il entreprit de raconter la longue lutte soutenue par elle sur cette terre africaine où elle avait fait son éducation. La guerre d'Algérie, localisée, mais persistante, laborieuse, meurtrière, est le principal événement militaire de la période de paix qui a suivi la chute de Napoléon. Sans compromettre cette paix nécessaire et bienfaisante, elle en a été le correctif. Dans une société bourgeoise que la richesse amollissait et qu'une prodigieuse transformation économique tendait à matérialiser, elle a entretenu le ferment des vertus guerrières sans lesquelles l'âme des nations s'abaisse et se rétrécit : énergie de l'effort, amour de la gloire, mépris du danger, abnégation poussée jusqu'au don de la vie. Cette guerre s'est trouvée en outre profiter à la grandeur de la France ; quelques-uns en avaient douté autrefois ; mais, aujourd'hui que les progrès incontestés de notre empire africain s'offrent comme une consolation à notre orgueil national, d'autre part tant meurtri, personne ne songerait à nier l'importance du résultat obtenu. Un tel sujet était donc bien fait pour intéresser notre curiosité, et, en le choisissant, M. Rousset avait encore eu la main heureuse.

L'œuvre était considérable et, par un certain côté,

---

(1) *En Crimée*, par le vicomte E.-M. de Vogüé, *Revue des Deux Mondes* du 1ᵉʳ décembre 1886.

malaisée. La guerre de Crimée se présentait à l'écrivain
qui devait la raconter, comme un drame concentré qui
avait l'unité d'action, de lieu et presque de temps, exigée
pour la tragédie classique. Rien de pareil dans la guerre
d'Algérie. Pendant les dix premières années, tout est con-
fus, incertain, sorte de marche en zigzag dont il est impos-
sible de discerner la direction; et lors même que Bugeaud apporte enfin un système, ce système consiste à
diviser l'action entre beaucoup de petites colonnes qui
bataillent chacune de son côté. On voit quelle difficulté en
résultait pour l'historien. Il faut savoir gré à M. Rousset
de l'habileté qu'il a déployée pour la surmonter et ne
pas lui imputer ce qu'il y avait d'insoluble dans ce pro-
blème. D'ailleurs, si les ensembles font défaut, le détail
est attrayant, le cadre pittoresque. A chaque pas, se pré-
sentent des épisodes dramatiques, et M. Rousset excelle à
les raconter. Ses récits du désastre de la Macta, des deux
expéditions de Constantine, de la prise de la Smala, et tant
d'autres sont des morceaux achevés. Comme, après l'avoir
lu, on connaît bien nos grands « Africains »! Bugeaud
d'abord, avec sa forte stature, son allure de vieux gro-
gnard, véhément, irritable, d'écorce rugueuse, mais cœur
chaud, esprit plein de saillies, infatigable, aimé du soldat
dont il obtient beaucoup, sachant commander, portant
avec aisance la responsabilité, et surtout possédant, à un
degré éminent, les deux qualités maîtresses de l'homme
de guerre, le bon sens et la volonté; La Moricière, le plus
arabe de tous, petit, œil de feu, costume fantaisiste, in-
trépidité joyeuse et entraînante, parole vive et soudaine,
toujours en mouvement et en travail, fécond en idées dont

quelques-unes ont besoin d'être contrôlées ; Changarnier, recherché dans sa tenue, ombrageux, d'une confiance en soi dont l'expression étonne un peu, mais rachetant ces petits défauts de caractère, dont M. Rousset s'offusque trop, par des dons supérieurs, d'une énergie indomptable, audacieux avec sang-froid, plein d'ascendant sur le soldat ; le sage Bedeau ; l'austère Cavaignac, et le seul que je ne puisse nommer ici, le jeune prince qui se préparait à écrire plus tard l'histoire du vainqueur de Rocroy, en remportant, lui aussi, une victoire à vingt et un ans. Au-dessous des premiers rôles, sont tous ces officiers de rang inférieur, la plupart futurs généraux de Crimée ou d'Italie, auxquels le morcellement de cette guerre fournissait occasion de faire œuvre de commandant en chef. Puis, voici le soldat, noirci et comme séché par le soleil, vêtu à la diable, un peu débraillé et chapardeur, mais combien alerte, endurci à la fatigue, aguerri au péril, quel savoir-faire au bivouac et au combat, et souvent quel héroïsme ! Voyez le sergent Blandan et ses vingt et un compagnons sur la route de Boufarik, ou la petite troupe du capitaine Géreaux dans le marabout de Sidi-Brahim. Les défenseurs des Thermopyles n'avaient pas fait davantage pour conquérir l'auréole dont vingt-trois siècles n'ont pas terni l'éclat. Si nous ne savons pas, comme les Grecs, ces merveilleux faiseurs de renommée, imposer aux imaginations et aux littératures du monde entier la gloire de nos héros, sachons du moins la mettre en lumière pour nous-mêmes, pour la France d'aujourd'hui et de demain, et remercions M. Rousset d'avoir, plus que tout autre, travaillé à cette œuvre de justice et de patriotisme.

Terminée en 1889, après avoir coûté plus de dix années
de recherches, l'histoire de la conquête algérienne fut le
dernier grand ouvrage de M. Rousset. D'autres travaux
moins importants l'occupèrent jusqu'à la fin : une vie du
marquis de Clermont-Tonnerre, une notice sur le maréchal
Macdonald, et une étude, douloureuse entre toutes, parue
quelques mois avant sa mort, sur l'armée de Metz. J'aimerais à en parler, mais le temps me presse et il faut prendre
mon parti d'être incomplet.

En dépit de sa laborieuse fécondité, les années ne laissaient pas de faire sentir leur poids à M. Rousset. Certains accidents de santé qui préoccupaient son entourage
l'avaient contraint à une vie plus retirée; des salons où il
se plaisait à fréquenter, le vôtre était à peu près le
seul auquel il fût demeuré assidu. Néanmoins, à son beau
regard toujours aussi vif, on voyait bien que le foyer
intérieur n'était nullement refroidi. Il portait le même
intérêt passionné aux choses militaires; l'âge n'avait rien
ralenti des battements de cœur que lui faisait éprouver,
dans sa jeunesse, le passage d'un régiment. Il ne lui était
plus permis, sans doute, de courir à toutes les revues.
Mais de quelle revue ne pouvait-il pas se donner à lui-
même le spectacle, en évoquant dans sa pensée les armées
successives avec lesquelles il avait si longtemps et si inti-
mement vécu! D'abord, les régiments vêtus de blanc de l'ancienne monarchie, les « vieux », comme on les appelait, avec
leurs noms si riches de gloires accumulées, Picardie, Pié-
mont, Champagne, Navarre, Normandie, La Marine; puis
les farouches demi-brigades de l'armée de Sambre-et-
Meuse, les grognards de la garde impériale, les conscrits

imberbes de 1813, les « Africains » du « père Bugeaud »,
les vainqueurs de l'Alma et de Malakof, et, hélas! les vaincus de Metz! N'imagine-t-on pas, devant l'historien, retenu
dans son fauteuil par la maladie, quelque chose comme le
défilé fantastique que le peintre du « Rêve » fait entrevoir
au milieu de la nuée, par-dessus les soldats endormis dans la
grande plaine, autour des feux de bivouac? Sans doute,
ces évocations du passé n'apparaissaient pas toutes, à cet
ardent patriote, également lumineuses et consolantes. Des
drapeaux qui passaient sous ses yeux, quelques-uns étaient
voilés du deuil de la défaite. Malgré tout, son impression
dominante devait être une impression de confiance. L'histoire même de nos revers lui avait appris avec quel res-
sort notre pays se relève; elle lui avait fait comprendre
la persistance de notre vitalité militaire. N'en avait-il
pas, sous les yeux, une preuve nouvelle dans la rapidité
avec laquelle se refaisait l'armée détruite en 1871,
démonstration d'autant plus saisissante que l'air régnant
semblait avoir au contraire sur toutes les autres institutions une action dissolvante? Le contraste est en effet
bien extraordinaire! Sur la plupart des questions aujour-
d'hui posées en France, rien que divisions, confusion des
langues, impression douloureuse de doute et d'avortement;
pour ce qui touche à l'armée, accord de toutes les volontés, tous les cœurs battant à l'unisson, unanimité de foi
et d'espoir. J'aime donc à penser qu'en ses derniers jours,
entre bien des motifs de tristesse et d'inquiétude, M. Rousset aura eu cette joie qui est, ici-bas, la meilleure récompense d'une vie de généreux efforts, de sentir en progrès
la cause à laquelle il s'était plus particulièrement dévoué.

Quand vint la mort, M. Rousset la regarda en face. La
vie pourtant lui était douce au milieu d'une famille aimée.
Soutenu par sa foi chrétienne, il fit son sacrifice avec la
simplicité vaillante qui avait marqué tous ses actes. Il
avait conscience de laisser une mémoire honorée et une
œuvre durable : œuvre de quarante années, exclusivement
consacrée au sujet qui, aujourd'hui surtout, nous tient le
plus au cœur, à la grandeur militaire de la France ; œuvre
tout entière animée du patriotisme qui l'avait fait, à cinquante ans, monter à l'assaut du parc de Buzenval. Aussi
l'opinion reconnaissante rend-elle à l'historien de Louvois,
de la guerre de Crimée et de la conquête de l'Algérie, le
titre dont une rancune de parti avait prétendu un jour le
dépouiller, et salue-t-elle en lui l'Historiographe de l'armée
française.

RÉPONSE

DE

M. JULES CLARETIE

DIRECTEUR

AU DISCOURS

DE

M. THUREAU-DANGIN

Prononcé dans la séance du jeudi 14 décembre 1893.

Monsieur,

Vous êtes né historien ; nous le savions, mais vous le prouvez aujourd'hui une fois de plus. Cependant vous aviez rêvé, autrefois, non pas d'écrire, mais de faire, vous aussi, cette histoire au jour le jour qui n'est souvent qu'une très petite histoire et qu'on appelle la politique. Vos études, vos ambitions, vos dons de parole vous destinaient aux succès de la tribune et peut-être auriez-vous alors répété le mot d'un autre historien, qui, lui, réalisa son rêve d'action, je parle de M. Thiers : « Écrire est peu de chose ; je donnerais dix bonnes histoires pour une bonne session. »

Moi aussi, Monsieur, j'ai souhaité de prendre ma part des discussions et des campagnes politiques. J'ai été candidat comme tout le monde, comme M. Camille Rousset lui-même ; mais, plus heureux que bien d'autres, je n'ai pas été élu et je compte parmi les bonheurs que me procure cette indépendance la liberté que j'ai de pouvoir vous recevoir aujourd'hui et vous dire tout le bien que je pense de votre talent et de votre de caractère. Supposez, en effet, que nous nous rencontrions, comme on dit en style parlementaire, dans une autre enceinte : vous, avec vos opinions, moi, avec les miennes, nous serions forcés de nous entre-déchirer, tout en nous estimant, et, devenu votre collègue, je serais votre adversaire. Ici, Monsieur, nous pouvons nous estimer sans nous combattre et je vous souhaite la bienvenue au nom d'une Compagnie où, la pensée de chacun étant libre et se faisant courtoise sans rien abdiquer, il n'y a que des confrères servant de leur mieux la cause des lettres, celle qui nous divise le moins !

A tous les travaux de premier ordre qui vous désignaient depuis longtemps aux suffrages de l'Académie, vous venez d'ajouter une page saisissante, le discours où vous avez fait revivre la figure attirante et loyale du confrère que nous avons perdu. M. Camille Rousset, lorsqu'il écrivait ces notes destinées à celui qui serait un jour chargé du soin de sa renommée, n'eût pas souhaité un successeur plus que vous digne de saluer une mémoire de vaillant écrivain et d'honnête homme. Il semble, d'ailleurs, que la destinée ait rapproché vos deux noms dans un labeur commun et dans un commun hommage.

L'Académie vous avait, à tous deux, décerné la même récompense, le prix fondé par le baron Gobert, pour le *morceau le plus éloquent de l'histoire de France*. Et comme notre cher et vénéré secrétaire perpétuel louait en votre *Histoire de la Monarchie de Juillet*, dans son rapport de 1885, « le charme élégant de la forme et l'étude savante et approfondie des faits », M. Villemain avait goûté dans l'histoire de Louvois « l'abondance des faits nouveaux et l'exactitude des recherches ». A dire vrai, Monsieur, les éloges de l'Académie pouvaient s'appliquer au livre excellent de votre prédécesseur aussi bien qu'au vôtre, et il semble que M. Doucet eût pu dire de vous ce que M. Villemain disait de M. Camille Rousset : « Le talent de l'auteur est de rendre présents pour nous les hommes qu'il connaît si bien. »

Et ces hommes, si divers, vous nous les faites connaître comme si vous les aviez personnellement fréquentés. Michelet n'a-t-il pas défini l'histoire idéale en l'appelant une résurrection? Vous n'étiez pas encore au collège que les parlementaires dont vous deviez raconter les luttes étaient à la tribune. Vous appartenez à la génération qui, en entrant dans la vie, s'est heurtée au régime du second empire. Dans le grand silence d'alors, vous rêviez de prendre la parole et, voulant devenir avocat, vous vous rencontriez avec de futurs orateurs, de futurs ambassadeurs, de futurs ministres, et, ce qui est plus rare que des ministres, de futurs poètes qui s'exerçaient comme vous à la discussion publique dans une conférence demeurée célèbre. Déjà, à côté de ce qui pouvait passer pour une vocation, se dessinait chez vous ce que j'aurais presque envie d'appeler votre apostolat. Il ne vous suffisait pas d'étudier le droit, vous vous sentiez porté vers certaines études d'un caractère tout militant, et vous vouliez lutter pour les idées qui vous tenaient au cœur, les idées religieuses, la liberté de votre conscience chrétienne. Auditeur au Conseil d'État, la filière administrative vous tentait médiocrement. Élu le premier des concurrents, votre existence est, dès 1863, celle des heureux ou plutôt des sages qui n'ont pas d'histoire. Vous vous créez, dès la jeunesse, un foyer loin du monde, dans une pénombre discrète et ce foyer a le rayonnement de la gloire de l'illustre artiste dont vous avez épousé la fille et qui mourait l'an dernier, à 94 ans. Vous avez vécu patriarcalement, dans le logis où vous êtes né, sorte d'hôtel historique où vos enfants ont grandi, où s'est écoulée, dans la pratique d'une haute vertu, votre existence sérieuse et douce. C'est, réalisé dans toute sa chère intimité, le vœu du poète des *Consolations* :

> Naître, vivre et mourir dans la même maison :
> N'avoir jamais changé de toit ni d'horizon !

Vous avez, dans cette vieille et silencieuse rue Garancière, dont la seule voix est celle des cloches de Saint-Sulpice, entre les couvents et les séminaires, poursuivi votre œuvre avec une patience et une conviction auxquelles je rends hommage ; vous avez, sorte de bénédictin qui déteste le bruit mais qui ne déteste pas la lutte, élevé un monument, écrit un livre dont le mérite, peu vulgaire, est d'être moins âpre à mesure qu'il s'avance et d'être en quelque sorte apaisé au moment où il s'achève.

Vous ne songiez pas alors à devenir le confrère de l'historien dont vous venez de raconter la vie et les travaux, et cependant, si l'atavisme académique n'est pas un leurre, vous pouviez croire à une prédestination. D'une vieille famille de Parisiens de Paris, famille de gens de loi, estimés entre tous, vous avez, dans vos ancêtres maternels, des aïeux qui furent jansénistes et d'autres qui déjà furent membres de l'Institut. Il vous était facile aussi d'occuper quelque haute situation dans la magistrature ; vous vous y êtes refusé. N'ayant pas à votre disposition la tribune, vous aviez la tentation de vous servir du journal pour défendre vos idées.

Un de vos amis, votre ami le plus cher, fondait en effet un journal. Vous y collaborez, mais toutefois, sans penser à vous faire alors précisément journaliste. Vous savez maintenant, Monsieur, ce qu'il y a d'attrait, de fièvre, de séduction dans ce métier, dans cet art, qui est comme l'instantané de la pensée! Vous y êtes entré comme ces touristes qui visitent une ville, s'y arrêtent pour quelques jours et y demeurent des années, quelquefois même y achèvent leur existence. Vous n'avez pas achevé la vôtre dans le journalisme, mais vous y avez passé neuf ans.

A ce propos, Monsieur, vous m'avez demandé de ne pas oublier dans cette séance où l'Académie rend hommage à votre talent, le souvenir de l'homme qui fut pendant ces années, votre collaborateur assidu, François Beslay. Vous avez tenu à ce que le nom de ce frère d'armes fût prononcé aujourd'hui à côté du vôtre. C'est là, Monsieur, une pensée qui vous honore et je suis heureux de m'y associer en évoquant la mémoire de ce publiciste convaincu, laborieux, honnête, dont le rare ta-

lent charmait ceux-là mêmes qui ne partageaient pas ses
idées. Le rédacteur en chef du *Français*, dont la perte fut
pour vous un chagrin cruel, mourut attristé de porter un
nom que son père avait mêlé en 1871 aux troubles sanglants de la Commune. Mais le fils de Charles Beslay ne
pouvait-il pas se dire que le vieux démocrate qui, en 1870,
s'était engagé dans un régiment de ligne pour combattre
l'étranger, et dont le patriotisme déçu avait irrité la colère,
était du moins sorti de la tourmente la tête haute, la
mémoire intacte et les mains pures? Dans des camps
opposés, le père et le fils avaient combattu en gardant,
avec une foi différente, un même culte, celui de l'honneur.

Les vieux articles de journaux ressemblent à des brûlots
éteints. Cependant, en relisant les vôtres, j'ai pu constater
que votre journal avait, au total, le respect de l'adversaire
et le souci de la modération. Ce n'est pas un mince mérite.
La foule aime le tapage et le public ne déteste pas le
scandale. Un des plus haïssables, parmi les *ultras* dont
vous avez compté les fautes, Martainville, le rédacteur du
Drapeau blanc qui défendait le trône et l'autel après avoir
écrit le *Pied de mouton*, disait en riant : « Il faut bien croire
que j'ai raison, car plus mes articles sont violents, plus
mon journal gagne d'abonnés! » Le *Drapeau blanc* pouvait
gagner des abonnés sans que le trône gagnât des parti-
sans. Il y a, en effet, beaucoup de curieux dans les rassem-
blements et lorsqu'on injurie quelqu'un on trouve toujours
une galerie de spectateurs. Seulement ces spectateurs sont
aussi des juges, et j'ai maintes fois remarqué qu'ils étaient
même assez sévères pour les insulteurs de profession et les
justiciers de hasard.

Polémiste par occasion et par tempérament, vous avez Monsieur, parlé avec mesure de deux publicistes du temps passé : Armand Carrel, ce représentant du journalisme de l'idée tué, comme en un duel symbolique, par le maître du journalisme de spéculation, et Armand Marrast, dont les réceptions pourtant bien simples et l'élégance personnelle, furent une des légendes de 1848 et qui mourut en 1852, oublié, sans laisser même de quoi payer ses obsèques. Je vous demanderai seulement si vous croyez qu'en vérité, comme vous le laissez entendre, Carrel devint un adversaire de la monarchie qu'il avait contribué à fonder, cela parce qu'on lui aurait offert simplement la préfecture du Cantal. Je ne crois pas à une telle petitesse. Carrel, qui ne se souciait ni de la richesse ni d'une situation officielle, combattait pour une doctrine, non pour une place, et je salue ces représentants de l'âge héroïque du journalisme qui traversaient la Presse et le Pouvoir sans faire fortune et, quand ils ne tombaient pas en quelque exécrable rencontre, mouraient dans un dénûment qui est comme un dernier titre à notre respect.

Mais j'ai hâte, Monsieur, d'arriver aux travaux qui vous recommandent si hautement à la reconnaissance des lettrés et particulièrement à cette magistrale *Histoire de la Monarchie de Juillet* qui est le couronnement de ces autres ouvrages : *Paris Capitale, Royalistes et Républicains, Le Parti libéral sous la Restauration*, où je retrouve, avec tout votre talent, la chaleur de votre conviction et l'éclat de votre style ; *La question de Monarchie ou de République du 9 Thermidor au 18 Brumaire*, et ce livre : *l'Église et l'État sous la Monarchie de Juillet*, qui n'est qu'un épisode de votre grande histoire. Vous aviez jugé les partis sous la Restauration, les libéraux et les ultra-royalistes. Vous aviez demandé, pour parler comme vous, aux libéraux ce qu'ils avaient fait de la liberté et aux royalistes ce qu'ils avaient fait de la royauté. L'idée vous vint alors de continuer cette étude jusqu'à la fin du règne de Louis-Philippe. Mais bientôt vous vous rendiez compte que vous ne pouviez apprécier la conduite des partis en supposant connue de tous l'histoire de ce temps. Elle n'était pas étudiée comme celle de la Restauration : elle restait à écrire. Et courageusement, donnant un bel exemple de labeur à un siècle fatigué qui s'effraie volontiers des longs ouvrages, vous avez, pendant plus de seize ans, vécu dans ce passé d'hier que vous alliez évoquer, et vous avez ajouté un maître livre à la liste de nos grandes œuvres historiques.

Que reste-t-il, à distance et dans la mémoire générale, des événements dont vous vous êtes fait l'historien ? Un roi familier, des princes jeunes et chevaleresques, des penseurs qui cherchent ou prévoient, des artistes qui créent, des poètes qui chantent, des soldats qui meurent et M. Thiers qui combat M. Guizot quand M. Guizot ne combat point M. Thiers. Pour moi, dans mes plus lointains souvenirs, l'image de la monarchie de Juillet se résume en un seul fait, celui qui me frappait alors : la revue de la garde nationale en pantalons blancs, le jour de la fête du roi, dans notre ville de province. Avec cela, le nom d'Abd-el-Kader qui revenait dans tous les propos, mystérieux et menaçant comme un fantôme. Un jour, chez nous comme partout, la malle-poste, qui apportait les nouvelles, arriva en retard, et il y eut pour se précipiter au-devant d'elle un grand concours de popu-

lation. Le courrier, juché sur l'impériale, expliqua la cause
de son retard. La République venait d'être proclamée à
Paris. Voilà tout ce que j'ai su, pendant bien longtemps,
du règne de Louis-Philippe.

Depuis, nous avons appris et vous nous avez appris,
Monsieur, à être plus équitables pour cette monarchie dont
on nous annonçait la chute du haut d'une diligence, et le roi
détrôné, ce roi de plein jour, comme l'a appelé un poète,
a, lui aussi, rencontré plus de justice. Louis Blanc lui-même,
en parlant de Louis-Philippe, a atténué le verdict passionné
qu'il portait dans son *Histoire de Dix ans*, et Victor Hugo a
laissé du roi, sacré non pas à Reims mais à l'Hôtel de Ville,
un portrait qui restera populaire.

Ce fut un politique et un patriote, ce souverain qui prit
en main les destinées de la France sous l'œil soupçon-
neux, presque irrité, hostile et méfiant de l'Europe et
laissa, au jour de sa chute, à la patrie respectée, une armée
qui devait sur nos drapeaux inscrire de nouvelles victoires.
Je sais bien qu'il ne comprit pas toujours « les courants
invisibles des consciences » et qu'il laissa trop souvent
croire à un pays amoureux et affamé de gloire que l'heure
était passée des grandes aventures de l'aurore de ce
siècle.

Nous avons trop connu les maux atroces de la guerre
pour ne pas savoir gré à sa prudence d'avoir travaillé
à une œuvre de paix. C'est de la justice rétrospective,
mais à quoi servirait l'histoire si ce n'est à réformer le
passé et à enseigner l'avenir ? Le jeune soldat de Valmy
devenu le roi citoyen avait vu de trop près les hécatombes,
il avait assisté à l'effroyable consommation d'hommes

qu'avait faite l'Empire, pour n'avoir pas l'horreur de
ces tueries dont le total formidable se chiffrait par mil-
lions de vies humaines sacrifiées. Victor Hugo, dans le
portrait que j'ai cité, dit, en parlant du postillon qu'un
jour Louis-Philippe avait sauvé en le saignant : « Ce
fut le premier roi qui ait versé le sang pour guérir. » Le
vieux roi ne voulut pas même verser le sang pour défendre
son trône emporté en trois jours, et après avoir toujours
détesté, comme il disait, cette profonde iniquité qu'on
nomme la guerre, il se refusa à déchaîner cette horrible
calamité qu'on appelle la guerre civile. J'allais oublier le
sang-froid souriant avec lequel il syndiquait en sa personne les attentats disséminés aujourd'hui sur tout le
monde puisque tout le monde est souverain.

Et je ne veux pas, après vous, refaire des portraits qui
sont devenus définitifs. L'art du portrait est, du reste, un
de vos talents, et votre discours, où revivent en quelques
touches magistrales les héros de M. Camille Rousset, vient
de nous prouver encore votre rare valeur de portraitiste.

Vous avez eu, au siècle dernier, un prédécesseur qui se
piquait de passer maître tout justement en cet art spécial.
C'est Rulhière. Il se plaisait à lire ces portraits et ces
parallèles à des admirateurs et à des amis, mais, chose
étrange, selon l'effet produit, d'une lecture à l'autre, le
portrait changeait de nom. Dupont de Nemours raconte
que plusieurs des portraits de l'*Histoire de l'Anarchie de
Pologne* ont été, par exemple, dans les mêmes termes, avec
les mêmes jugements et les mêmes épithètes, appliqués à
trois hommes différents. Vous n'avez pas suivi une méthode
aussi fantaisiste et vos portraits, Monsieur, n'ont qu'un

seul titulaire. Une esquisse de Casimir Perier ne pouvait servir à la toile de M. Molé, et on ne vous accusera jamais d'avoir confondu M. Guizot avec M. Thiers.

Il y a, du reste, quelque chose de piquant à vous voir, vous, l'historien très éloquent et très informé de la monarchie de Juillet, souhaiter, si je puis dire, de n'avoir pas eu à en raconter l'histoire. Visiblement, vous regrettez la Restauration que vous avez étudiée avec une conscience rare, et vous détestez si fort la Révolution que vous vous rallieriez volontiers à la parole de M. Guizot déclarant à Manuel avant les journées de Juillet qu'il tenait la Révolution de 1789 pour satisfaite. Personne n'est jamais satisfait, Monsieur, et on a toujours à compter sinon avec une révolution, du moins avec une évolution quelconque. Avouez d'ailleurs que, sans cette Révolution de 1830 que vous déplorez et qui a amené au pouvoir les hommes dont vous faites l'éloge, vous n'auriez pas — et c'eût été dommage — écrit votre meilleur livre.

J'admire l'art parfait avec lequel vous l'avez rédigé d'après les traditions orales et les ouvrages des témoins. Il est malaisé de dire la vérité aux contemporains et l'histoire ancienne est plus facile à écrire qu'une autre, savez-vous pourquoi? C'est qu'il y a moins de documents. Je plains l'historien de notre temps qui aura à se débattre sous l'amas de renseignements fournis quotidiennement par les journaux. Il n'aura plus rien à dire — que la vérité!

Cette vérité, vous l'avez cherchée passionnément, j'entends, avec la passion de votre parti, et vous avez donné ce rare exemple d'un écrivain qui se dégage de ses préventions à mesure qu'il avance dans son œuvre. Votre histoire, dont le début affecte presque les allures de la polémique, s'achève en effet, comme je le disais tout à l'heure, dans une sorte de calme philosophique, et après avoir souhaité, dans votre jeunesse, de nous rendre Montalembert, vous finissez par nous rappeler Montesquieu.

Vous nous faites, avec un art puissant et d'autant plus entraînant qu'il est plus grave et plus simple, revivre ces années de luttes qui vont du premier ministère Laffitte au dernier ministère Odilon Barrot, sorte de promenade de dix-huit années partant de l'Hôtel de Ville pour aboutir à l'Hôtel de Ville, époque dramatique où la France cherche la liberté avec une ardeur singulière, où la tribune a ses victoires comme l'armée d'Afrique, où de 1830 à 1840 plus de 2000 gardes nationaux tombent dans les émeutes pour la défense du Gouvernement, — car le courage civique est aussi une vertu française, nous l'avons vu hier, — et où les républicains jugent leurs adversaires et se jugent eux-mêmes, en disant : « Quand nous affirmions un fait devant un tribunal, on croyait à notre parole d'honneur. » Époque de prospérité économique et de fièvre intellectuelle. Années difficiles et troublées qui voient éclore et mourir bien des rêves, mais qui, pour notre France, voient en même temps bien des dangers conjurés, et donnent en définitive à ce pays l'habitude d'une liberté qu'on va bientôt lui confisquer mais qu'il saura ressaisir.

Ce qui est tout à fait supérieur, Monsieur, dans votre ouvrage, c'est la partie qui traite de la politique étrangère. Grâce à des amitiés illustres, vous avez pu étudier, dans leurs confidences intimes, les hommes d'État éminents qui représentaient alors la France devant l'Europe. Vous

avez pu les voir luttant de toute l'énergie de leur intelligence et de toute la force de leur patriotisme, contre le mauvais vouloir des puissances ou la méfiance des souverains.
Et c'est un spectacle consolant qui se dégage de votre
livre : tous ces hommes que vous avez jugés n'ont ni les
mêmes idées, ni la même politique; ils ont leurs opinions
personnelles, leurs convictions ou leurs entêtements, mais
au-dessus de leurs discussions, de leurs rivalités, de leurs
ambitions, tous placent la sécurité et la grandeur du pays.

Je me rappelle, avoir vu, au lendemain de nos dé-
sastres, deux vieillards se promener familièrement sur la
plage de Trouville, pendant qu'au loin grondaient les
détonations des canons nouveaux dont nos officiers fai-
saient alors l'essai. De ces deux hommes qui à quelques pas
de la tombe, n'ayant plus d'avenir pour eux-mêmes, s'en-
tretenaient surtout de l'avenir de la patrie, l'un était alors
président de fait de notre République, l'autre avait été le
dernier ministre de la monarchie de Juillet. Tous deux
s'étaient heurtés jadis dans les luttes de la tribune, tous
deux avaient eu, dans les batailles parlementaires les
haines, les colères, les paroles meurtrières de ces mêlées
autour du pouvoir. Et maintenant, assagis, réconciliés par les
épreuves, se promenant bras dessus, bras dessous, sur le
sable où s'effaçait la trace de leurs pas, comme dans leur mémoire la trace de leurs discordes, ils ne songeaient plus au
passé, ils ne songeaient qu'à ces canons des défenses futures,
dont le vent de la mer leur apportait la sourde voix...

C'était là, Monsieur, comme le post-scriptum et comme
la moralité de votre histoire. Il valait bien la peine de
s'être si longtemps combattus, pour se retrouver ainsi,

M. Thiers, à soixante-quinze ans, M. Guizot à quatre-
vingt-cinq, rapprochés par la défaite et comme réconciliés par la mort prochaine! La fatalité de la politique,
c'est que ceux-là se calomnient souvent qui sont faits
pour s'unir dans l'intérêt supérieur de la nation! Et
tous ces rivaux du gouvernement parlementaire, tous ces
artisans de précaires combinaisons ministérielles et d'im-
morales coalitions eussent dû écouter plutôt l'appel attristé
du duc de Broglie, lorsqu'il s'écriait un an avant le 24 Février,
à l'heure où les mariages espagnols rendaient l'Angleterre
défiante et hostile : « Tous, tant que nous sommes, gouvernement ou public, législateurs, écrivains, publicistes,
au nom du ciel, s'il est possible, faisons trève sur un point
seulement et pendant quelque temps à nos querelles de per-
sonnes et à nos discussions intérieures... Nobles paroles,
et qui sont à répéter et à méditer encore. L'étranger est
toujours là, ironique ou armé. Toutes nos discussions lui
fournissent contre nous des armes morales ou lui causent
une maligne joie. Ne nous calomnions pas, ne nous déchi-
rons pas nous-mêmes : le moyen âge, écœuré du sang
versé, avait institué la « Trève de Dieu »; que notre société
moderne, écœurée de tant de petites haines meurtrières,
pratique du moins la trève de la Patrie.

C'est un peu du bénéfice de cette trève que je voudrais
jouir aujourd'hui, en parlant moins, entre nous, de politique pure que de littérature.

Où vous avez vu de grands ministres, je vois surtout
de grands écrivains. La politique, a tour à tour emporté,
élevé, abaissé, enivré et déçu ces historiens, ces orateurs,
ces philosophes, ces poètes que vous avez jugés et qui

venaient ou revenaient parmi nous, demander aux lettres
un peu de consolation ou d'oubli. Il faut avoir occupé une
fonction publique quelle qu'elle soit, manié les hommes,
les avoir connus par leurs intérêts, leurs amours-propres,
leurs rivalités, leurs illusions ou leurs appétits, avoir es-
suyé à la fois les ingratitudes qui déconcertent et les inju-
res qui honorent, pour comprendre tout ce que gardent
d'apaisement la science ou les lettres qui nous sont toujours
de doux et sûrs refuges.

Le joug du pouvoir, pesant sans doute, mais que solli-
citent assez volontiers et même assez ardemment ceux qui
gémissent de le porter d'abord, puis d'en être déchargés,
ce joug, les écrivains condamnés à la politique en sentent
plus que tous les autres la lourdeur comme aussi la vanité.
Un jour, au conseil des ministres, au moment d'une crise
extérieure assez inquiétante, M. Victor Cousin se pencha,
dites-vous, vers M. de Rémusat et soupira mélancolique-
ment à l'oreille de son collègue : « Ne trouvez-vous pas
que j'aurais mieux fait d'achever mon mémoire sur Olympiodore? »

Il est des moments où, pour un peuple, la solution d'une
question extérieure ou intérieure est plus intéressante à coup
sûr que l'achèvement d'un mémoire sur le néoplatonicien
Olympiodore; mais M. Cousin donnait là, sans le vouloir,
un bon conseil de philosophie pratique à bien des ambitieux
qui se croient aptes à gouverner l'État. Ce fut peut-être sa
meilleure leçon. Tout le monde, à bien prendre, a son
mémoire sur Olympiodore à achever, j'entends sa tâche
personnelle pour laquelle il est né, à laquelle il est propre.
C'est ce que Voltaire appelait tout simplement « cultiver

son jardin ». A dire vrai, *cultiver son jardin*, qui paraît chose toute simple, est ce qu'il y a de plus difficile au monde. La plupart des hommes ne songent qu'à cultiver et, au besoin, à ravager le jardin des autres.

Olympiodore et, par conséquent, Monsieur, la littérature est ce qui nous rapproche le plus, et pourtant j'ai à vous chercher une querelle, tout justement à propos de cette pauvre littérature que vous avez quelque peu sacrifiée. Dans vos sept volumes, si complets en ce qui touche les questions politiques, si détaillés, si documentés, comme on dit aujourd'hui, lorsqu'il s'agit de la formation ou de la chute d'un ministère, le tableau de la littérature de 1830 à 1848 ne compte guère, çà et là, que quelques pages sévères, et c'est contre cette sévérité même que je voudrais protester.

De toutes nos conquêtes, en effet, ce sont les seules conquêtes littéraires qui nous restent à jamais. Le *Cid* ni le *Misanthrope* ne connaissent de Rosbach. On prédit trop facilement l'oubli aux littérateurs et l'immortalité aux hommes politiques. L'avenir se joue de ces arrêts et garde plus volontiers le souvenir du poète qui a ému un pays que de l'homme qui l'a gouverné. Libre à Lamartine de s'écrier dans sa ferveur de néophyte de la politique : « Je regrette la malheureuse notoriété des vers que j'ai composés dans l'oisiveté de ma jeunesse ! » On raconte que Rossini eût donné la partition de *Guillaume Tell* non pour un plat de lentilles, mais pour un plat de macaroni. Lamartine eût donné toutes ses poésies pour un de ses discours et que reste-t-il cependant de toute sa généreuse existence ? Des vers que les générations nouvelles répètent encore et dont la douleur ou l'éloquence rencontre toujours un écho dans nos âmes.

Vous avez, à mon avis, accepté bien vite ce que des pessimistes appelaient, il y a près de soixante ans, la *faillite* littéraire de ce siècle. Dès 1836, un critique parlant des *Chants du Crépuscule* écrivait que ces vers que nous savons tous encore par cœur « marquent un déclin et désespèrent les amis de M. Victor Hugo ». Deux ans après, Gustave Planche ne disait-il pas : « M. Victor Hugo touche à une heure décisive. Il a maintenant trente-six ans et voici que l'autorité de son nom s'affaiblit de plus en plus? »

Les critiques jugent le présent, mais c'est l'avenir qui juge les critiques. Et ce ne sont pas seulement les poètes, qui ont supporté le poids de ces verdicts des contemporains dont la postérité est la Cour d'appel. Ces juges sont particulièrement sévères et vous l'êtes après eux, pour un genre très français et très populaire, le roman, et vous voyez dans l'importance qu'on lui donne un signe certain de décadence.

Oui, c'est au roman, en particulier, que vous attribuez la désolation et le découragement qui s'emparent de la jeunesse, et vous citez comme un argument ce mot, ce terrible et injuste mot de M. de Salvandy : « Si la littérature est l'expression de la société, il faudrait désespérer de la France.»

Non, Monsieur, ce n'est pas le roman qui nous attriste et nous désespère; trop souvent, hélas ! c'est l'histoire.

Savez-vous, au contraire, pourquoi le roman a tant de prise sur les âmes et traîne après lui tant de cœurs? Ce n'est point, quoi que vous en disiez, parce que sa vogue et l'exagération de son importance sont des signes de décrépitude et que les peuples vieillis s'amusent à des contes

d'enfants. C'est que le roman est l'histoire des âmes,
la confession des inconnus à travers le talent d'un obser-
vateur. L'histoire a tout dit, la philosophie a tout cherché
sans tout expliquer ; il n'y a d'infini dans le domaine littéraire que cette chose éternellement attirante, éternellement mobile : le cœur humain. « Le cœur humain de
qui ? » Le cœur humain de tous, depuis le plus glorieux
jusqu'au plus humble. Il y a un monde de douleurs dans
une femme qui passe. C'est cet inconnu dont les traits
ressemblent aux nôtres, c'est ce voisin rencontré dans un
salon ou coudoyé dans la rue qui nous intéresse. Le roman,
et c'est là sa force, aura été la plus variée, la plus puissante,
la plus sincère des enquêtes sociales du XIX⁰ siècle. C'est de
toutes les formes de la littérature celle qui aura plongé le
plus courageusement au fond du gouffre, pour en rapporter
cette fleur idéale, la pitié.

La pitié, en vérité, voilà la grande vertu du roman en
cette époque d'angoisse morale, et cette aspiration on la
retrouve jusque dans les livres les plus amers dont vous
avez parlé. N'est-ce pas une soif d'idéal qui arrache
à George Sand les sanglots éperdus de ses premiers
ouvrages ? Pourquoi n'avez-vous pas, après avoir été sévère
pour ces cris passionnés de la jeunesse, ajouté que chez
Mᵐᵉ Sand l'admirable bonté de l'aïeule a doucement, comme
avec un sourire, réfuté les tirades mêmes de la révoltée ? Et
Balzac ? Vous n'avez vu ou voulu voir en lui que l'un des
plus grands diffamateurs des classes dirigeantes. Il ne
songeait pourtant à diffamer personne, ce grand peintre de
l'humaine comédie qui fut, je vais bien vous surprendre, un
des plus profonds idéalistes de son temps.

C'est lui qui dit d'un de ses héros, Lucien de Rubempré, patronné par Vautrin, qu'il est comme un lis poussé sur un fumier. Giboyer répétera le mot, un jour. Eh bien! sur le fumier humain remué de sa main puissante, Balzac nourrissait ces lis immaculés qui sourient dans son œuvre immense. Vous le déclarez à peu près incapable de créer un type pur de femme ou de jeune fille. Et Eugénie Grandet? Et lorsque vous nous adjurez de comparer les femmes de Balzac aux héroïnes précédentes, Atala, Velléda, Corinne, Elvire, permettez-moi de rester fidèle à ces créatures vivantes et exquises qui se nomment Mme de Morsauf, Mme Hulot, Ursule Mirouet, Mme Balthazar Claes.

Et ce grand enchanteur du roman de cape et d'épée, l'inventeur intarissable dont les générations nouvelles écoutent encore les contes bleus, vous lui reprochez aussi, comme on eût reproché à Rubens sa fécondité, la prodigalité de son génie? Plût aux Dieux de la lecture que, pour nous donner l'illusion du panache et de l'héroïsme à bon marché, un nouveau Dumas vînt, comme Schéhérazade, nous tenir éveillés avec le rire de Chicot ou les coups d'épée de d'Artagnan! Ce roman-là, c'est l'épopée du faubourg populaire, mais c'est aussi l'amusement des raffinés de notre nation de don Quichottes; — et ce ne sont pas seulement les grisettes du temps de Louis-Philippe qui se sont laissé prendre à la moustache en croc des *Trois Mousquetaires*. Est-ce que le maréchal Soult ne s'inquiétait pas, en plein conseil des ministres, de la mort du bon Porthos?

Ah! Monsieur, qui nous rendra, au contraire, la magnifique explosion de talent qui fut l'éclat de la monarchie de

Juillet, et que nous avons appris à admirer sous ce nom :
la génération de 1830? Minute heureuse entre toutes et
qui prouve bien que, quel que, soit le nom du pouvoir,
République ou Monarchie parlementaire, l'art et la
pensée s'épanouissent avec fierté sous un gouvernement
libre. Qui nous rendra les orateurs dont vous avez tracé
les portraits, les hommes d'action dont vous avez conté
les travaux et jusqu'aux désenchantés, les Vigny, les Mus-
set, dont vous avez noté les désespérances ? Ceux-ci même
travaillaient à une œuvre glorieuse. Il ne faut pas médire
des attristés. La misanthropie est une des formes de
l'amour et certains Alcestes ont pour Célimène l'humanité.
Nous devons trop à ces aïeux pour ne pas les saluer avec
reconnaissance, et c'est peut-être, c'est précisément parce
que George Sand, Balzac, Théophile Gautier, n'ont pas
fait entendre ici leur voix, que je réclame le droit de leur
donner un souvenir à eux qui, comme les Delacroix, les
Ingres, les Rude, les David d'Angers, les Jules Dupré,
les Henriquel-Dupont, ont travaillé à la gloire d'une époque qui fut la fête de l'art et de la pensée.

Je crains que les hommes d'État de la monarchie de Juillet — je parle des plus éminents et des plus remarquables
— n'aient pas attribué à ces semeurs d'idées toute l'importance qu'ils méritaient. Quelle imprudence ! Il ne faut pas
avoir les poètes contre soi et encore moins les prophètes.
Une nation n'est jamais enfermée entre les quatre murailles
du Parlement, et qui n'observe point la rue par les fenêtres
d'une Chambre des députés, ne voit rien. Chateaubriand,
ce Jérémie de la monarchie qui regardait, sans trop
de regrets, monter le flot démocratique, raille quelque

part le brouillard législatif qui obscurcit les yeux des plus clairvoyants. Il eût pu tout aussi bien parler de ce mirage parlementaire qui fait prendre une majorité passagère pour une force définitive, et fait croire à tout ministre nouveau, qu'un ministère est une durable oasis. Rien n'est plus ironique et n'inspire une mélancolie plus profonde que ces victoires de la harangue, paroles balayées par des paroles, certitudes d'un jour qui sont les déceptions du lendemain, perpétuelles oscillations du pouvoir, combinaisons qui semblent ne laisser après elles que des dates : ministère du 13 mars, ministère du 11 octobre, ministère du 22 février, orages où la nation, incertaine entre les partis, est comme ballottée entre ce que M. Molé appelait l'impopularité de M. Guizot, et ce que M. Guizot appelait la pusillanimité de M. Molé! Spectacle décevant, malgré les splendeurs de la tribune et les fiertés de l'éloquence, qui souvent conduit les plus courageux à la lassitude et fait dire à tel grand ministre que le pouvoir consiste à peser dans des balances de toile d'araignée la quantité de bureaux de poste qu'on a donnés d'un côté et la quantité de bureaux de tabac qu'on a donnés de l'autre.

Et pendant qu'on se repose sur ces majorités artificielles, on n'entend guère, on n'entend pas ces bruits sourds, ces avertissements lointains que M. Guizot appelle les bourdonnements d'en bas et qui sont les troubles, les anxiétés, les désirs, les appétits, si vous voulez, des générations nouvelles. Ce fut, Monsieur, la faute de ce gouvernement d'honnêtes gens. Il ne tint pas compte du mouvement des âmes. Tous les dix ans — et maintenant le monde va plus vite — une autre France apparaît, une autre conception de la politique et de la vie. C'est aux hommes vieillis dans la pratique du pouvoir de faire la part de ces nouveaux venus et de leur donner la place qu'ils prendront si on ne la leur donne pas. Je parle, bien entendu, des esprits dont l'idéal est la justice et non de ceux dont l'idée fixe est une œuvre de haine et de destruction. Mais lorsque Lamartine, dont les mots pittoresques résumaient cruellement une situation, s'écriait : « La France est une nation qui s'ennuie ! » il fallait l'écouter. Elle allait devenir, cette France, quelques années après, une nation qui s'amuse. Le poète nous eût peut-être évité cette épreuve.

Vous me direz que ces rimeurs sont des trouble-fête et que les songes ont leurs réveils. Nous l'avons vu trop souvent. Il n'en faut pas moins, sans croire aux devineresses, tenir un peu compte des rêves.

Vous avez, par exemple, admirablement fait ressortir que la possession de l'Algérie, de cette Algérie que M. Jouffroy appelait un don providentiel, et dont tant d'autres hommes d'État tels que M. Dupin réclamaient l'abandon, avait été en quelque sorte imposée par ce que vous définissez fort bien la « permanence de cette volonté anonyme, inconsciente, non raisonnée, plus instinct encore que volonté, qui s'imposait au Parlement et le forçait à conserver cette terre où nos colons semaient le blé et nos soldats le grain des victoires futures ». Eh bien! cette volonté anonyme, cet instinct, cette force impulsive de la foule, c'est la conscience de la nation, c'est l'inquiétude et le suffrage du nombre, c'est ce que les songeurs interrogent, c'est ce que les poètes font parler!

Les poètes, et j'ajoute bien vite, Monsieur, les historiens. L'homme éminent qui fut votre prédécesseur a, plus
d'une fois, incarné la conscience nationale. M. Camille
Rousset, que vous avez si bien fait revivre et dont nous
aimions la cordialité quasi militaire et la bonne foi passion-
née, méritait tous les hommages et a laissé dans notre
Compagnie les plus profonds regrets. Je ne reviendrai pas
sur ce que vous avez si bien dit du livre supérieur qu'il
nous a donné, la définitive *Histoire de Louvois*. Je ne parle-
rai pas de ce *Comte de Gisors*, séduisant comme un roman de chevalerie. Je voudrais cependant dire un mot
de ces *Volontaires* qui ont été, dans l'œuvre de l'éminent
historien, un objet de polémique.

La question de la discipline dans l'armée est jugée, et
Sophocle en parle déjà, par la bouche de Créon. M. Camille Rousset a voulu servir la vérité en combattant un lieu
commun, qu'il regardait comme un danger. Il y avait, en
effet, péril à déclarer que tout homme courageux peut
s'improviser soldat, et qu'à la guerre l'enthousiasme et le
patriotisme suffisent seuls à assurer la victoire; mais je
ne sais, il me semble, qu'il y aurait peut-être un autre
péril à découronner notre histoire de telle légende de
dévouement et de foi par où renaissent d'autres dévoue-
ments et d'autres sacrifices. Sans doute l'amour du
pays ne donne pas à un conscrit l'art de manier un fusil,
mais cet amour est le ferment des jeunes et des vieilles
armées.

Et, à tout prendre, il est des heures où tout le monde
est plus ou moins un volontaire du fusil. Vous avez montré
M. Camille Rousset combattant bravement, en volontaire,

dans cette journée de Buzenval où Regnault, Coriolis, Gustave Lambert, tant d'autres qui n'étaient que des volontaires à leur manière, tombaient sous la capote de la garde nationale. M. Rousset n'était pas le seul d'entre vos nouveaux confrères qui fît alors volontairement son devoir, et c'était un garde national volontaire, cet ancien ministre de l'instruction publique, dont la modestie se révolterait si je le nommais ici, et que j'ai vu, la grand'croix de la Légion d'honneur sur la poitrine, montant la garde en simple fusilier devant ce ministère qu'il avait jadis occupé glorieusement.

Qu'était-ce encore, sous un autre nom, qu'était-ce que ces mobiles et ces mobilisés, pauvres petits paysans de France, qui disputèrent notre sol à l'invasion pendant l'hiver de 1870-1871 ? Les cadres manquaient. On improvisait des régiments. Et M. de Moltke s'étonnait — il l'a dit depuis — de la résistance de ces braves gens qu'il regardait, lui aussi, comme un ramassis de volontaires. Et savez-vous bien, Monsieur, que cette Algérie dont M. Camille Rousset et vous, vous avez si éloquemment parlé, cette Algérie qui nous avait coûté tant d'efforts et de sang, une révolte au lendemain de la guerre franco-allemande faillit nous l'arracher ? Oui, la terre de Constantine, de Mazagran, de Sidi-Brahim, d'Isly, de la Smala, de Zaatcha, cette terre africaine, conquise par tant de sacrifices, elle allait nous échapper ! Les populations arabes s'enfiévraient en apprenant que ces soldats qui les avaient domptés venaient d'être repoussés sur le Rhin — que dis-je ? — sur la Loire. Les Mokkrani renvoyaient au gouvernement français les décorations qu'ils avaient portées jusque-là sur leurs bur-

nous blancs et proclamaient la guerre sainte. Ce dangereux
épisode de notre histoire, qui est comme le dernier chapitre
encore à écrire du livre de M. Rousset, passa inaperçu
dans l'horreur tragique de l'année terrible. Eh bien! —avec
quelques milliers de soldats de la vieille armée — qui dé-
fendit, qui nous rendit l'Algérie, où les Bugeaud, les Changarnier, les La Moricière, les Charras, les Cavaignac,
les d'Aumale avaient multiplié leur héroïsme? Ce furent
les mobiles et les mobilisés de nos provinces, les petits
fermiers improvisés soldats, les conscrits de la défense
nationale, les volontaires de 1870.

M. Camille Rousset en parlait lui-même avec enthousiasme en demandant, je m'en souviens, pour les Arabes
coupables de patriotisme et condamnés alors, une amnistie
qui est encore à venir. L' « historiographe de l'armée »,
comme vous l'avez appelé, était, en effet, aussi ardent,
aussi vibrant dans la causerie que la plume à la main. Je
l'entends encore, alors que la mort l'avait déjà marqué,
nous lire, avec une chaleur communicative, un de ses derniers travaux : l'*Histoire du procès de Fouquet.* Il apportait
à la revision de cette cause une ardeur d'apôtre plus que
d'avocat. Sa belle voix sonore se faisait entendre aussi
dans les séances consacrées au *Dictionnaire historique,* où il
lisait, avec un amour de lettré pour l'harmonie, le charme
musical de notre langue, les exemples tirés de nos auteurs.
les périodes de Bossuet, les exquisités de Montaigne,
les vers des poètes. Honnête et fière figure d'écrivain, de
professeur, d'historien, M. Camille Rousset fut, à l'Académie, un confrère dévoué vers qui allaient l'affec-
tion la plus sincère unie à la plus haute estime. D'une

simplicité égale à sa loyauté, il ne vivait que pour son labeur, au coin du foyer, laissant à une compagne vénérée et à des enfants dignes de lui l'héritage d'un nom respecté entre tous, et l'on peut dire que l'historien de notre France militaire moderne en fut aussi l'honneur.

Vous avez eu raison d'affirmer, Monsieur, que de tous les ouvrages de notre regretté confrère, l'*Histoire de la guerre de Crimée* est le plus parfait. Étrange guerre où les Français discutaient parfois avec leurs alliés et fraternisaient souvent avec leurs ennemis! Vous en avez parlé, d'après le beau livre de M. Rousset, avec une rare éloquence. Il y eut, des deux parts, bien des sacrifices, bien des morts en Crimée, il y eut beaucoup d'héroïsme, il n'y eut jamais de haine. Quand nous lisons aujourd'hui les souvenirs de Sébastopol de ce comte Tolstoï qui parle de la guerre en apôtre de la paix et qui, officier, la fit en héros, nous éprouvons, pour ceux qui combattent et meurent dans les murs croulants de la cité autant de sympathie et d'admiration que pour ceux qui les assiègent. Au milieu des fureurs de l'assaut, Tolstoï nous montre les sœurs de la Miséricorde venant, sous les éclats d'obus, ramasser les blessés, et soudain les adversaires d'un jour cessant de s'entr'égorger, arrêtant leurs coups pour saluer ces saintes filles qui portaient au milieu des carnages de la guerre les consolations suprêmes de la Charité. N'y avait-il pas un symbole dans cette trêve de quelques minutes entre deux armées, et les sœurs de la Miséricorde n'étaient-elles pas déjà l'image des fraternités de l'avenir?

C'est que les âmes de ces fils du sol français et de la steppe russe ont toujours été faites pour se comprendre.

Les deux peuples sont idéalistes et généreux à leur manière.
Il y a chez les Russes une poésie mystérieuse qui est
comme le parfum de l'âme slave. Pendant la période la plus
cruelle de cet héroïque siège, alors que Sébastopol à demi
écroulé n'était plus qu'une sorte d'immense charnier où les
palais devenaient des hôpitaux comme en 1871, chez nous,
nos théâtres se transformaient en ambulances, l'énergique
défenseur de la ville assiégée, Todleben, blessé depuis le
18 juin, répondait aux chirurgiens qui le soignaient :
« Ne vous occupez pas de moi; occupez-vous de Nakhimof! »

L'amiral Nakhimof, le vainqueur de Sinope, était le
bras de la défense comme Todleben en était la tête. Il
passait sa vie sur le rempart, au milieu des balles. Il
inspirait une telle confiance aux soldats qu'on vit des
mourants, le soir d'un assaut, expirer tranquilles en apprenant que l'amiral était sain et sauf. Et Nakhimof, chaque
matin, envoyait à Todleben blessé un bouquet de fleurs,
un bouquet quotidien qui voulait dire : « Je suis debout,
les canonniers marins font leur devoir et Sébastopol tient
toujours! » Todleben s'était habitué à ce bouquet de l'amiral
qui souriait à son réveil. Un matin, le bouquet ne vint
pas et Todleben n'osa point demander des nouvelles de
son ami. Une balle venait de frapper à la tempe le vainqueur de Sinope, et depuis lors le défenseur de Sébastopol n'eut plus de fleurs à son chevet.

Ces fleurs, Monsieur, ces fleurs cueillies sous les obus,
ces fleurs que l'amiral envoyait à son frère d'armes, d'autres
fleurs les font oublier, celles que Paris, de ses mains fra-
ternelles, jetait à ces hôtes que nous avons vus saluer la
dépouille du maréchal de Mac-Mahon, comme si toute

rivalité était ensevelie dans ce cercueil, comme si rien ne restait du passé que les roses et les violettes offertes à un autre amiral, aux héritiers de Nakhimof, aux officiers de la marine russe.

Et ces fleurs de paix et d'amitié, j'aurais voulu en porter, comme un souvenir, un bouquet sur la tombe de l'historien calme et fraternel de la guerre de Crimée. En rendant justice aux héros, aux soldats des deux armées, il nous avait dès longtemps appris à honorer et à aimer deux nations combattant alors pour une cause différente, et n'ayant déjà qu'un même cœur.

Laissez-moi, Monsieur, finir sur cet hommage au confrère que nous avons perdu. Vous nous le rendez par votre talent, par votre caractère, par les plus rares mérites qu'on puisse louer dans un homme de lettres. Encore une fois, oubliant toutes les divergences d'opinion, j'ai volontairement salué en vous un historien de bonne foi qui, moins heureux que son prédécesseur, nous a fait le récit de batailles parlementaires dont la victoire s'appelle le pouvoir, tandis que celles que nous contait M. Rousset n'avaient d'autre but que le sacrifice et la gloire. Vous avez été l'annaliste des combats livrés autour des portefeuilles et lui, l'historien des combats autour du drapeau. Mais vous et lui, Monsieur, vous avez aimé tout ce qui nous est cher, en dépit et au-dessus des querelles des partis : l'honneur des lettres et le renom de la patrie.

Paris. — Typographie de Firmin-Didot et Cᵉ. impr. de l'Institut. rue Jacob, 56. — 30249.